소중한 _____ 님께

한 편의 시가 반짝이는 보석처럼 소중한

인생의 길잡이가 되기를 바랍니다

_____ 드림

손으로 직접 쓰는
사슴

북오션은 책에 관한 아이디어와 원고를 설레는 마음으로 기다리고 있습니다. 책으로 만들고
싶은 아이디어가 있는 분은 이메일(bookrose@naver.com)로 간단한 개요와 취지, 연락처
등을 보내주세요. 머뭇거리지 말고 문을 두드리세요. 길이 열릴 것입니다.

손으로 직접 쓰는

사슴

초판 1쇄 인쇄 | 2016년 3월 17일
초판 1쇄 발행 | 2016년 3월 21일

지은이 | 백 석
펴낸이 | 박영욱
펴낸곳 | (주)북오션

편 집 | 권희중
마케팅 | 최석진 · 임동건
표지 및 본문 디자인 | 서정희 · 심재원
띠지 일러스트 | 박상철
세무자문 | 세무법인 한울 대표 세무사 정석길(02-6220-6100)

주 소 | 서울시 마포구 서교동 468-2
이메일 | bookrose@naver.com
페이스북 | facebook.com/bookocean21
블로그 | blog.naver.com/bookocean
전 화 | 편집문의: 02-325-9172   영업문의: 02-322-6709
팩 스 | 02-3143-3964

출판신고번호 | 제313-2007-000197호

ISBN 978-89-6799-262-0 (03810)

이 도서의 국립중앙도서관 출판예정도서목록(CIP)은 서지정보유통지원시스템
홈페이지(http://seoji.nl.go.kr)와 국가자료공동목록시스템
(http://www.nl.go.kr/kolisnet)에서 이용하실 수 있습니다.
(CIP제어번호: CIP2016004619)

손으로 직접 쓰는
사슴

백 석 지음 | 편집부 엮음

북오션

외롭고, 높고, 쓸쓸한 '천재 시인' 백석을 만나다

토속적이면서도 모던한 서정성을 추구한 '천재 시인' 백석. 그의 이름 앞에는 늘 '천재'라는 수식어가 따른다. 빛바랜 사진 속에서 볼 수 있는 그의 세련된 외모처럼 그의 감각이 얼마나 현대적인지 짐작해 볼 수 있다. 백석의 시에는 다른 작품에서는 느낄 수 없는 격조(格調)가 느껴진다.

"이 흰 바람벽에 내 쓸쓸한 얼굴을 쳐다보며
이러한 글자들이 지나간다.
– 나는 이 세상에서 가난하고 외롭고
높고 쓸쓸하니 살어가도록 태어났다……
내 가슴은 너무도 많이 뜨거운 것으로 호젓한 것으로
사랑으로 슬픔으로 가득찬다……"

백석의 '흰 바람벽이 있어' 중에서

그의 시 〈흰 바람벽이 있어〉를 읽고 있으면 마치 한편의 파노라마사진을 보고 있는 듯한 느낌이다. 시의 전반부에는 그리운 사람들의 얼굴이 지나가고, 후반부에는 자신의 얼굴이 지나간다. 그리고 자신의 운명을 말해주는 듯한 글자들이 지나간다. 이 부분을 읽고 있으면 '천재 시인'이라는 말이 잘 어울린다.

백석의 시어는 정주 토속어를 그대로 쓰고 있어 향토색이 물씬 풍기는데 이것은 일제강점기 모국어를 지키려는 그의 의지라고 평가받고 있다.

물론 토속어에 낯선 독자들에게 백석의 시는 각주를 보면서 읽어야 하지만, 그의 시를 읽다 보면 한 폭의 그림이 선명하게 보인다. 때로는 바람소리가 들리기도 하고, 구름이 떠 있기도 하고, 시냇물이 흐르기도 한다.

지난 2012년 탄생 백주년을 맞은 백석은 해방 이후 북한을 택하면서 그의 작품도 함께 금기시됐다. 그러다가 1988년 해금(解禁) 이후 백석에 대한 연구가 본격화되면서 한국문학사에 '천재 시인'으로 평가받고 있다. 그가 생전에 남긴 단 한 권의 시집인《사슴》은 한국 현대시 백년사에서 우리 시대의 시인들에게 가장 큰 영향을 끼친 시집으로 뽑혔다.

《손으로 직접 쓰는 사슴》은 백석의 초판본《사슴》에서 엄선된 81편의 시를 옮겨 담았다. 책을 펼쳤을 때 왼쪽 페이지에는 시의 원문을 실고, 오른쪽 페이지에는 시를 읽어가면서 '손글씨'를 쓸 수 있도록 필기 공간을 마련했다. 독자들은 그의 아름다운 시들을 감상하는 것뿐만 아니라 직접 '손글씨'를 쓰는 즐거움을 동시에 얻을 수 있다.

분단의 비극으로 남과 북 양쪽에서 모두 잊혀졌던 비운의 천재 시인, 백석. 자신의 시처럼 '가장 외롭고, 높고, 쓸쓸한' 시인이었던 그는 이 세상에서 '하늘이 가장 귀해하고 사랑한' 시인으로 '넘치는 사랑과 슬픔' 속에 남겨졌다. 세월이 가도 사라지지 않을 그의 시들을《손으로 직접 쓰는 사슴》을 통해서 만나본다면 독자 여러분의 가슴에도 영원히 남아있는 진한 감동을 느낄 수 있을 것이다.

2016년 3월
북오션 편집부

머리말

정주성(定州城)

산턱 원두막은 비었나 불빛이 외롭다
헝겊심지에 아주까리 기름의 쪼는 소리가 들리는 듯하다

잠자리 조을든 문허진 성(城)터
반딧불이 난다 파란 혼(魂)들 같다
어데서 말 있는 듯이 크다란 산(山)새 한 마리 어두
운 골짜기로 난다

헐리다 남은 성문(城門)이
한울빛같이 훤하다
날이 밝으면 또 메기수염의 늙은이가 청배를 팔러
올 것이다

• 아주까리 : 피마자.
• 쪼는 : 기름이 타들어가는.
• 딜옹배기 : 아주 작은 자배기.
• 한울 : 하늘.
• 청배 : 청배나무의 열매.

주막(酒幕)

호박잎에 싸오는 붕어곰은 언제나 맛있었다

부엌에는 빨갛게 질들은 팔(八)모알상이 그 상 위엔
새파란 싸리를 그린 눈알만한 잔(盞)이 보였다

아들아이는 범이라고 장고기를 잘 잡는 앞니가 뻐드
러진 나와 동갑이었다

울파주 밖에는 장꾼들을 따라와서 엄지의 젖을 빠는
망아지도 있었다

• 붕어곰 : 붕어를 알맞게 지지거나 구운 것.
• 질들은 : 오래 사용하며 반들반들한.
• 장고기 : 잔고기. 농다리와 비슷하다.
• 울파주 : 대, 수수깡, 갈대, 싸리 등을 엮어놓은 울타리.
• 엄지 : 짐승의 어미.

주막(酒幕)

외갓집

내가 언제나 무서운 외갓집은

초저녁이면 안팎마당이 그득하니 하이얀 나비수염
을 물은 보득지근한 북쪽제비들이 씨굴씨굴 모여서는
짱짱짱짱 쇳스럽게 울어대고

밤이면 무엇이 기와골에 무리돌을 던지고 뒤우란 배
나무에 쩨듯하니 줄등을 헤여달고 부뚜막의 큰솥 적은
솥을 모조리 뽑아놓고 재통에 간 사람의 목덜미를 그
냥그냥 나려 눌러선 잿다리 아래로 처박고

그리고 새벽녘이면 고방 시렁에 채국채국 얹어둔 모
랭이 목판 시루며 함지가 땅바닥에 넘너른히 널리는
집이다.

---

* 보득지근한 : 보다랍고 매끄러운 것.
* 씨굴씨굴 : 시끄럽고 수선스런 모양.
* 무리돌 : 많은 돌. 길바닥에 널린 잔돌.
* 쩨듯하니 : 환하게.
* 재통 : 변소. 측간.
* 잿다리 : 재래식 변소에 걸쳐놓은 두 개의 나무.
* 넘너른히 : 이리저리 제각기 흩어 널브러뜨려 놓은 모습.

모닥불

새끼오리도 헌신짝도 소똥도 갓신창도 개니빠디도
너울쪽도 짚검불도 가락잎도 머리카락도 헝겊 조각도
막대꼬치도 기왓장도 닭의 깃도 개터럭도 타는 모닥불

재당도 초시도 문장(門長) 늙은이도 더부살이 아이
도 새사위도 갓사둔도 나그네도 주인도 할아버지도 손
자도 붓장사도 땜쟁이도 큰개도 강아지도 모두 모닥불
을 쪼인다

모닥불은 어려서 우리 할아버지가 어미아비 없는 서
러운 아이로 불상하니도 몽둥발이가 된 슬픈 역사가
있다

• 갓신창 : 부서진 갓에서 나온 말총으로 된 질긴 끈의 한 종류.
• 개니빠디 : 개의 이빨.
• 재당 : 서당의 주인. 또는 향촌의 최고 어른.
• 초시 : 초시에 합격한 사람으로 늙은 양반을 이르는 말.
• 갓사둔 : 새사돈.
• 붓장사 : 붓을 파는 장사꾼.
• 몽둥발이 : 손발이 불에 타버려 몸뚱아리만 남은 상태의 물건.

적막강산

오이밭에는 벌배채 통이 지는 때는
산에 오면 산 소리
벌로 오면 벌 소리

산에 오면
큰솔밭에 뻐꾸기 소리
잔솔밭에 덜거기 소리

벌로 오면
논두렁에 물닭의 소리
갈밭에 갈새 소리

19
적막강산

산으로 오면 산이 들썩 산 소리 속에 나 홀로
벌로 오면 벌이 들썩 벌 소리 속에 나 홀로

정주(定州) 동림(東林) 구십(九十)여 리(里) 긴긴 하로 길에
산에 오면 산 소리 벌에 오면 벌 소리
적막강산에 나는 있노라

• 벌배채 : 들의 배추.
• 물닭 : 비오리. 오리과에 딸린 물새.
• 동림(東林) : 선천에 있는 지명 이름. 동림폭포가 유명하다.

21
적막강산

고향(故鄕)

나는 북관(北關)에 혼자 앓어 누워서
어늬 아츰 의원(醫員)을 뵈이었다
의원은 여래(如來) 같은 상을 하고 관공(關公)의 수염을 드리워서
먼 옛적 어느 나라 신선 같은데
새끼손톱 길게 돋은 손을 내어
묵묵하니 한참 맥을 집더니
문득 물어 고향(故鄕)이 어데냐 한다
평안도 정주(定州)라는 곳이라 한즉
그러면 아무개씨(氏) 고향이란다
그러면 아무개씰 아느냐 한즉
의원은 빙긋이 웃음을 띠고
막역지간(莫逆之間)이라며 수염을 쓴다
나는 아버지로 섬기는 이라 한즉
의원은 또 다시 넌즈시 웃고
말없이 팔을 잡어 맥을 보는데
손길은 따스하고 부드러워
고향도 아버지도 아버지의 친구도 다 있었다

• 관공(關公) : 중국 삼국시대 촉한(蜀漢)의 무장. 자는 운장(雲長). 하
동 사람. 장비와 함께 유비와 형제를 맺고 유비를 도와 정공치적이
현저하였음.

고향(故鄕)

나와 나타샤와 흰당나귀

가난한 내가
아름다운 나타샤를 사랑해서
오늘밤은 푹푹 눈이 나린다

나타샤를 사랑은 하고
눈은 푹푹 날리고
나는 혼자 쓸쓸히 앉어 소주(燒酒)를 마신다
소주를 마시면서 생각한다
나타샤와 나는
눈이 푹푹 쌓이는 밤 흰 당나귀를 타고
산골로 가자 출출이 우는 깊은 산골로 가 마가리에 살자

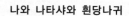

눈은 푹푹 나리고

나는 나타샤를 생각하고

나타샤가 아니 올 리 없다

언제 벌써 내 속에 고조곤히 와 이야기한다

산골로 가는 것은 세상한테 지는 것이 아니다

세상 같은 건 더러워 버리는 것이다

눈은 푹푹 나리고

아름다운 나타샤는 나를 사랑하고

어데서 흰 당나귀도 오늘밤이 좋아서 응앙응앙 울을

것이다

• 마가리 : 오막살이.
• 고조곤히 : 고요히. 소리없이.

개

접시 귀에 소기름이나 소뿔등잔에 아즈까리 기름을
켜는 마을에서는 겨울밤 개 짖는 소리가 반가웁다

이 무서운 밤을 아래웃방성 마을 돌아다니는 사람은
있어 개는 짖는다

낮배 어니메 치코에 꿩이라도 걸려서 산(山) 너머 국수
집에 국수를 받으려 가는 사람이 있어도 개는 짖는다

김치 가재미선 동치미가 유별히 맛나게 익는 밤

아배가 밤참 국수를 받으려 가면 나는 큰마니의 돋
보기를 쓰고 앉어 개 짖는 소리를 들은 것이다

- 아래웃방성 : 방성(榜聲). 방꾼이 방 알리는 말을 전하려고 크게 외
  치는 소리.
- 낮배 : 낮에. 한낮 무렵.
- 어니메 : 어느 곳에.
- 치코 : 키에 얽어맨 새잡이 그물의 촘촘한 코.
- 가재미선 : 가자미식혜.
- 큰마니 : 할머니.

고방

낡은 질동이에는 갈 줄 모르는 늙은 집난이같이 송
구떡이 오래도록 남아 있었다

오지항아리에는 삼춘이 밥보다 좋아하는 찹쌀탁주
가 있어서
삼춘의 임내를 내어가며 나와 사춘은 시큼털털한 술
을 잘도 채어 먹었다

제삿날이면 귀머거리 할아버지 가에서 왕밤을 밝고
싸리꼬치에 두부산적을 꿰었다

손자 아이들이 파리떼같이 모이면 곰의 발 같은 손
을 언제나 내어둘렀다

구석의 나무말쿠지에 할아버지가 삼는 소신 같은 짚
신이 둑둑이 걸리어도 있었다

옛말이 사는 컴컴한 고방의 쌀독 뒤에서 나는 저녁
끼때에 부르는 소리를 듣고도 못 들은 척하였다

- 질동이 : 질그릇 만드는 흙을 구워 만든 동이.
- 집난이 : 출가한 딸을 친정에서 부르는 말.
- 송구떡 : 송기(松肌)떡. 소나무 속껍질을 삶아 우려내여 멥쌀가루와
  섞어 절구에 찧은 다음 반죽하여 솥에 쪄내어 떡메로 쳐서 여러 가지
  모양을 만든 엷은 분홍색의 떡으로 봄철 단오가 되면 많이 먹음.
- 오지항아리 : 흙으로 초벌 구운 위에 오짓물을 입혀 구운 항아리.
- 임내 : 흉내. 그대로 본뜨는 것.
- 밝고 : 까고.
- 께었다 : 꿰었다. 끼웠다.
- 나무말쿠지 : 나무로 만든 옷걸이로 벽에 박아서 사용.
- 둑둑이 ; 한둑이는 10개를 의미함. 둑둑이는 많이 있다는 뜻.

광원(曠原)

흙꽃 니는 이름 봄의 무연한 벌을

경편철도(輕便鐵道)가 노새의 맘을 먹고 지나간다

멀리 바다가 보이는

가정거장(假停車場)도 없는 벌판에서

차(車)는 머물고

젊은 새악시 둘이 나린다

- 광원 : 넓은 평원.
- 흙꽃 : 흙먼지.
- 무연한 : 아득히 너른.
- 경편철도(輕便鐵道) : 궤도가 좁고 구조가 간단하게 놓인 철도.
- 노새 : 숫나귀와 암말과의 사이에서 난 잡종. 크기는 나귀와 비슷하다.

35
광원(曠原)

내가 이렇게 외면하고

　내가 이렇게 외면하고 거리를 걸어가는 것은 잠풍
날씨가 너무나 좋은 탓이고
　가난한 동무가 새 구두를 신고 지나간 탓이고 언제나
꼭 같은 넥타이를 매고 고은 사람을 사랑하는 탓이다

　내가 이렇게 외면하고 거리를 걸어가는 것은 또 내
많지 못한 월급이 얼마나 고마운 탓이고
　이렇게 젊은 나이로 코밑수염도 길러보는 탓이고 그
리고 어느 가난한 집 부엌으로 달재 생선을 진장에 꼿꼿
이 지진 것은 맛도 있다는 말이 자꾸 들려오는 탓이다

• 잠풍 : 잔잔하게 부는 바람.
• 달재 : 달째. 달강어. 쑥지과에 속하는 바닷물고기. 길이가 30cm
　가량으로 가늘고 길며, 머리가 모나고 가시가 많음.
• 진장(陳醬) : 진간장. 오래 묵어서 진하게 된 간장.

동뇨부(童尿賦)

봄철날 한종일내 노곤하니 벌불 장난을 한 날 밤이
면 으례히 싸개동당을 지나는데 잘망하니 누어 싸는
오줌이 넙적다리를 흐르는 따끈따끈한 맛 자리에 펑하
니 괴이는 척척한 맛

첫여름 이른 저녁을 해치우고 인간들이 모두 터앞에
나와서 물외포기에 당콩포기에 오줌을 주는 때 터앞에
밭마당에 샛길에 떠도는 오줌의 매캐한 재릿한 내음새

동뇨부(童尿賦)

긴긴 겨울밤 인간들이 모두 한잠이 들은 재밤중에
나 혼자 일어나서 머리맡 쥐발 같은 새끼요강에 한없
이 누는 잘 매럽던 오줌의 사르릉 쪼로록 하는 소리

그리고 또 엄매의 말엔 내가 아직 굳은 밥을 모르던
때 살갗 퍼런 막내고무가 잘도 받어 세수를 하였다는
내 오줌빛은 이슬같이 샛말갛기도 샛맑았다는 것이다

- 벌불 : 들불.
- 싸개동당 : 오줌을 참다가 기어코 싸는 장소.
- 잘망하니 : 얄미우면서도 앙증스런 모습. 얄밉게도.
- 당콩 : 강낭콩.
- 재밤중 : 한밤중.
- 쥐발 같은 : 쥐발같이 앙증맞은.

동뇨부(童尿賦)

마을은 맨천 구신이 돼서

나는 이 마을에 태어나기가 잘못이다
마을은 맨천 구신이 돼서
나는 무서워 오력을 펼 수 없다
자 방안에는 성주님
나는 성주님이 무서워 토방으로 나오면 토방에는 다
운구신
나는 무서워 부엌으로 들어가면 부엌에는 부뚜막에
조앙님

나는 뛰쳐나와 얼른 고방으로 숨어 버리면 고방에는
또 시렁에 데석님
나는 이번에는 굴통 모퉁이로 달아가는데 굴통에는
굴대장군
얼혼이 나서 뒤울안으로 가면 뒤울안에는 곱새녕 아
래 털능구신
나는 이제는 할 수 없이 대문을 열고 나가려는데
대문간에는 근력 세인 수문장

나는 겨우 대문을 삐쳐나 바깥으로 나와서

밭 마당귀 연자간 앞을 지나가는데 연자간에는 또

연자당구신

나는 고만 디겁을 하여 큰 행길로 나서서

마음 놓고 화리서리 걸어가다 보니

아아 말 마라 내 발뒤축에는 오나가나 묻어 다니는

달걀구신

마을은 온데간데 구신이 돼서 나는 아무데도 갈 수

없다

- 오력 : 오금. 무릎의 구부리는 안쪽.
- 디운귀신 : 지운(地運)귀신. 땅의 운수를 맡아본다는 민간의 속신.
- 조앙님 : 부엌을 맡은 신. 부엌에 있으며 모든 길흉을 판단함.
- 데석님 : 제석신(帝釋神). 한 집안 사람들의 수명, 곡물, 의류, 화복 등에 관한 일을 맡아본다 함.
- 굴통 : 굴뚝.
- 굴대장군 : 굴때장군. 키가 크고 몸이 남달리 굵은 사람. 살빛이 검거나 옷이 시퍼렇게 된 사람.
- 얼혼이 나서 : 정신이 나가 멍해져서.
- 곱새녕 : 초가의 용마루나 토담 위를 덮는 짚으로, 지네 모양으로 엮은 이엉.
- 털능귀신 : 철륜대감(鐵輪大監). 대추나무에 있다는 귀신.
- 연자간 ; 연자맷간. 연자매를 차려 놓고 곡식을 찧거나 빻는 큰 매가 있는 장소.
- 연자당귀신 : 연자간을 맡아 다스리는 신.
- 회리서리 : 마음 놓고 팔과 다리를 휘젓듯이 흔들면서.

머루밤

불을 끈 방안에 횃대의 하이얀 옷이 멀리 추울 것같이

개 방위(方位)로 말방울 소리가 들려온다

문(門)을 연다 머룻빛 밤한울에
송이버섯의 내음새가 났다

멧새 소리

처마끝에 명태(明太)를 말린다
명태는 꽁꽁 얼었다
명태는 길다랗고 파리한 물고긴데
꼬리에 길다란 고드름이 달렸다
해는 저물고 날은 다 가고 볕은 서러웁게 차갑다
나도 길다랗고 파리한 명태다
문(門)턱에 꽁꽁 얼어서
가슴에 길다란 고드름이 달렸다

49
멧새 소리

바다

바닷가에 왔드니
바다와 같이 당신이 생각만 나는구려
바다와 같이 당신을 사랑하고만 싶구려

구붓하고 모래톱을 오르면
당신이 앞선 것만 같구려
당신이 뒤선 것만 같구려

그리고 지중지중 물가를 거닐면

당신이 이야기를 하는 것만 같구려

당신이 이야기를 끊은 것만 같구려

바닷가는

개지꽃에 개지 아니 나오고

고기비눌에 하이얀 햇볕만 쇠리쇠리하야

어쩐지 쓸쓸만 하구려 섧기만 하구려

- 구붓하고 : 몸이 구부정한.
- 모래톱 : 넓은 모래벌판. 모래사장.
- 지중지중 : 아주 천천히 걸으면서 생각에 잠기는 모습.
- 개지꽃 : 나팔꽃.
- 쇠리쇠리하야 : 눈이 부셔. 눈이 시려.

흰 바람벽이 있어

오늘 저녁 이 좁다란 방의 흰 바람벽에
어쩐지 쓸쓸한 것만이 오고 간다
이 흰 바람벽에
희미한 십오촉(十五燭) 전등이 지치운 불빛을 내어던
지고 때글은 다 낡은 무명샷쯔가 어두운 그림자를 쉬
이고
그리고 또 달디단 따끈한 감주나 한잔 먹고 싶다고 생
각하는 내 가지가지 외로운 생각이 헤매인다
그런데 이것은 또 어인 일인가
이 흰 바람벽에
내 가난한 늙은 어머니가 있다
내 가난한 늙은 어머니가
이렇게 시퍼러둥둥하니 추운 날인데 차디찬 물에 손
은 담그고 무이며 배추를 씻고 있다
또 내 사랑하는 사람이 있다
내 사랑하는 어여쁜 사람이
어느 먼 앞대 조용한 개포가의 나즈막한 집에서
그의 지아비와 마주 앉어 대구국을 끓여놓고 저녁을
먹는다
벌써 어린것도 생겨서 옆에 끼고 저녁을 먹는다

흰 바람벽이 있어

그런데 또 이즈막하야 어느 사이엔가

이 흰 바람벽엔

내 쓸쓸한 얼굴을 쳐다보며

이러한 글자들이 지나간다

　　– 나는 이 세상에서 가난하고 외롭고 높고 쓸쓸하니 살어가도록 태어났다

　　그리고 이 세상을 살아가는데

　　내 가슴은 너무도 많이 뜨거운 것으로 호젓한 것으로 사랑으로 슬픔으로 가득찬다

　　그리고 이번에는 나를 위로하는 듯이 나를 울력하는 듯이 눈질을 하며 주먹질을 하며 이런 글자들이 지나간다

　　– 하늘이 이 세상을 내일 적에 그가 가장 귀해하고 사랑하는 것들은 모두

　　가난하고 외롭고 높고 쓸쓸하니 그리고 언제나 넘치는 사랑과 슬픔 속에 살도록 만드신 것이다

　　초생달과 바구지꽃과 짝새와 당나귀가 그러하듯이

　　그리고 또 '프랑시쓰 쨈'과 '도연명(陶淵明)'과 '라이넬 마리아 릴케'가 그러하듯이

- 바람벽 : 집안의 안벽.
- 때글은 : 오래도록 땀과 때에 전.
- 쉬이고 : 잠시 머무르게 하고. 쉬게 하고.
- 앞대 : 평안도를 벗어난 남쪽지방. 멀리 해변가.
- 개포 : 강이나 내에 바닷물이 드나드는 곳.
- 이즈막하야 : 시간이 그리 많이 흐르지 않은. 이슥한 시간이 되어서.

박각시 오는 저녁

당콩밥에 가지냉국의 저녁을 먹고 나서
바가지꽃 하이얀 지붕에 박각시 주락시 붕붕 날아오면
집은 안팎 문을 횅하니 열어젖기고
인간들은 모두 뒷등성으로 올라 멍석자리를 하고 바
람을 쐬이는데
풀밭에는 어느새 하이얀 대림질감들이 한불 널리고
돌우래며 팟중이 산옆이 들썩하니 울어댄다
이리하여 한울에 별이 잔콩 마당 같고
강낭밭에 이슬이 비 오듯 하는 밤이 된다

- 박각시 : 박각시나방. 해질 무렵에 나와서 주로 박꽃 등을 찾아다니
며 긴 주둥아리 호스로 꿀을 빨아 먹으며 공중에 난다. 날면서 먹
이를 먹는 까닭에 언제나 소리가 붕붕하게 크게 난다.
- 주락시 : 주락시 나방.
- 한불 : 상당히 많은 것들이 한 표면을 덮고 있는 상태.
- 돌우래 : 말똥벌레나 땅강아지와 비슷하나 크기는 조금 더 크다.
- 팟중이 : 메뚜기과에 속하는 곤충. 3.2~4.5cm 정도로 갈색.

산(山)

머리 빗기가 싫다면
니가 들구 나서
머리채를 끄을구 오른다는
산이 있었다

산 너머는
겨드랑이에 깃이 돋아서 장수가 된다는
더꺼머리 총각들이 살아서
색시 처녀들을 잘도 업어간다고 했다
산 마루에 서면
멀리 언제나 늘 그물그물
그늘만 친 건넛산에서
벼락을 맞아 바윗돌이 되었다는
큰 땅깽이 한 마리
수염을 뻗치고 건너다보는 것이 무서웠다
그래도 그 쉬영꽃 진달래 빨가니 핀 꽃 바위 너머
산 잔등에는 가지취 뻐꾹채 게루기 고사리 산나물판
산나물 냄새 물씬 물씬 나는데
나는 복장노루를 따라 뛰었다

- 그물그물 : 가물가물.
- 쉬영꽃 : 수영꽃.
- 뻐국채 : 국화과의 여러해살이풀.
- 게루기 : 게로기. 초롱꽃과에 딸린 여러해살이 풀.
- 복장노루 : 복작노루. 고라니. 사슴과에 딸린 짐승.

통영(統營)

옛날엔 통제사(統制使)가 있었다는 낡은 항구(港口)의
처녀들에겐 옛날이 가지 않은 천희(千姬)라는 이름이
많다

미역오리같이 말라서 굴껍질처럼 말없이 사랑하다
죽는다는

이 천희의 하나를 나는 어느 오랜 객주(客主) 집의 생
선가시가 있는 마루방에서 만났다

저문 유월(六月)의 바닷가에선 조개도 울을 저녁 소
라방등이 붉으레한 마당에 김냄새 나는 비가 나렸다

• 천희 : 바닷가에서 시집 안 간 여자를 '천희'라고 하였음. 또한 남
  자를 잡아먹는(죽게 만드는) 여자라는 뜻이다.
• 미역오리 : 미역줄기.
• 소라방등 : 소라의 껍질로 만들어 방에서 켜는 등잔.

통영(統營)

산비

산뽕잎에 빗방울이 친다

멧비둘기가 난다

나무등걸에서 자벌기가 고개를 들었다

멧비둘기 켠을 본다

• 자벌기 : 자벌레.

흰 밤

옛 성(城)의 돌담에 달이 올랐다
묵은 초가지붕에 박이
또 하나 달같이 하이얗게 빛난다
언젠가 마을에서 수절과부 하나가 목을 매여
죽은 밤도 이러한 밤이었다

66

흰 밤

비

아카시아들이 언제 흰 두레방석을 깔았나

어데서 물큰 개비린내가 온다

• 두레방석 : 짚으로 엮어 짠 둥그스레한 방석.
• 물큰 : 냄새가 한꺼번에 확 풍기는 모양.

노루

산골에서는 집터를 츠고 달궤를 닦고

보름달 아래서 노루고기를 먹었다

미명계 (未明界)

자즌닭이 울어서 술국을 끓이는 듯한 추탕(鰍湯)집의
부엌은 뜨수할 것같이 불이 뿌연히 밝다

초롱이 히근하니 물지게꾼이 우물로 가며
별 사이에 바라보는 그 달은 눈물이 어리었다

행길에는 선장 대여가는 장꾼들의 종이등(橙)에
나귀 눈이 빛났다
어데서 서러웁게 목탁(木鐸)을 두드리는 집이 있다

---

* 미명계 : 어둠이 채 가시지 않은 땅.
* 자즌닭 : 자주자주 우는 새벽닭.
* 허근하니 : 희뿌옇게.
* 선장 : 이른 장.

미명계(未明界)

가무래기의 락 (樂)

가무락조개 난 뒷간거리에
빚을 얻으려 나는 왔다
빚이 안 되어 가는 탓에
가무래기도 나도 모도 춥다
추운 거리의 그도 추운 능당 쪽을 걸어가며
내 마음은 욹즐댄다 그 무슨 기쁨에 욹즐댄다
이 추운 세상의 한 구석에
맑고 가난한 친구가 하나 있어서
내가 이렇게 추운 거리를 지나온 걸
얼마나 기뻐하며 낙단하고
그즈런히 손깍지베개하고 누어서
이 못된 놈의 세상을 크게 크게 욕할 것이다

- 가무래기 : 모시조개.
- 빚 : 햇빛.
- 가무락 조개 : 가무래기. 모시조개. 대합조개과에 딸린 바닷물 조개.
- 뒷간거리 : 가까운 거리에. 가까운 거리를 뜻함.
- 능당 : 능달(응달).
- 낙단하고 : 즐거워서 손뼉을 치고.

초동일 (初冬日)

흙담벽에 볕이 따사하니
아이들은 물코를 흘리며 무감자를 먹었다

돌덜구에 천상수(天上水)가 차게
복숭아나무에 시라리타래가 말라갔다

- 초동일 : 첫겨울날.
- 물코 : 물처럼 나오는 콧물.
- 돌덜구 : 돌절구.
- 천상수(天上水) : 하늘에서 빗물이 내려 고인 물.
- 시라리타래 : 시래기를 엮은 타래.

초동일(初冬日)

성외(城外)

어두어오는 성문(城門) 밖의 거리
도야지를 몰고 가는 사람이 있다

엿방 앞에 엿궤가 없다

양철통을 쩔렁거리며 달구지는 거리끝에서
강원도(江原道)로 간다는 길로 든다

술집 문창에 그느슥한 그림자는 머리를 얹혔다

• 엿궤 : 엿을 담도록 만든 장방형의 널판상자.

쓸쓸한 길

거적장사 하나 산뒷 옆비탈을 오른다
아ㅡ 따르는 사람도 없이 쓸쓸한 쓸쓸한 길이다
산까마귀만 울며 날고
도적갠가 개 하나 어정어정 따러간다
이스라치전이 드나 머루전이 드나
수리취 땅버들의 하이얀 복이 서러웁다
뚜물같이 흐린 날 동풍(東風)이 설렌다

· 이스라치전 : 앵두가 지천에 깔려 펼쳐져 모여 있는 곳.
· 머루전 : 머루가 많이 펼쳐져 있는 곳.
· 수리취 : 엉거시과에 속하는 다년초로 야산에 자생하며 어리잎은 식용.
· 복 : 수리취, 땅버들 따위의 겉을 둘러싸고 있는 하얀 솜털.
· 뚜물 : 쌀을 일고 난 뿌연 물.

쓸쓸한 길

적 경 (寂境)

신 살구를 잘도 먹드니 눈오는 아침

나 어린 아내는 첫아들을 낳았다

인가(人家) 멀은 산중에

까치는 배나무에서 즛는다

컴컴한 부엌에서는 늙은 홀아비의 시아부지가

미역국을 끓인다

그 마을의 외따른 집에서도 산국을 끓인다

• 적경 : 인적이 드문 곳.
• 산국 : 아이를 낳은 산모가 먹는 미역국.

적경(寂境)

청시 (靑柿)

별 많은 밤

하누바람이 불어서

푸른 감이 떨어진다 개가 짖는다

---

* 하누바람 : 하늬바람. 농가나 어촌에서 북풍을 이르는 말. 강원도에
서는 서풍을 이르기도 함.

하 답 (夏畓)

짝새가 발뿌리에서 날은 논드렁에서 아이들은
개구리의 뒷다리를 구어먹었다

게구멍을 쑤시다 물쿤하고 배암을 잡은 늪의
피 같은 물이끼에 햇볕이 따그웠다

돌다리에 앉어 날버들치를 먹고 몸을 말리는
아이들은 물총새가 되었다

• 짝새 : 뱁새. 박새과에 딸린 작은 새.
• 물총새 : 하천. 산개울 등에 서식하며 물고기, 개구리, 곤충 등을 잡
  아먹는 한국의 새.

하답(夏畓)

절간의 소 이야기

병이 들면 풀밭으로 가서 풀을 뜯는 소는 인간보다
영(靈)해서 열 걸음 안에 제 병을 낫게 할 약(藥)이
있는 줄을 안다고

수양산(首陽山)의 어느 오래된 절에서 칠십이 넘은
노장은 이런 이야기를 하며 치마자락의 산나물을 추었다

• 추었다 : 추스렸다.

창원도(昌原道)
– 남행시초(南行詩抄) 1

솔포기에 숨었다
토끼나 꿩을 놀래주고 싶은 산허리의 길은

엎데서 따스하니 손 녹히고 싶은 길이다

개 데리고 호이호이 휘파람 불며
시름 놓고 가고 싶은 길이다

괴나리봇짐 벗고 땃불 놓고 앉어
담배 한대 피우고 싶은 길이다

승냥이 줄레줄레 달고 가며
덕신덕신 이야기하고 싶은 길이다

더꺼머리 총각은 정든 님 업고 오고 싶은 길이다

• 땃불 : 땅불. 화톳불.

창원도(昌原道)
- 남행시초(南行詩抄) 1

통영(統營)
- 남행시초 2

통영장 낫대들었다

갓 한 닢 쓰고 건시 한 접 사고 홍공단 댕기 한 감 끊고 술 한 병 받어들고

화륜선 만져보려 산창 갔다

오다 가수내 들어가는 주막 앞에
문둥이 품바타령 듣다가

열이레 달이 올라서
나룻배 타고 판데목 지나간다 간다

(서병직씨에게)

- 낫대들었다 : 낮에 들었다. 낮 때가 되어 장에 들어갔다.
- 홍공단 댕기 : 붉은 공단천으로 만든 댕기.
- 화륜선 : 이전에 기선(汽船)을 이르던 말.
- 가수내 : 가시내. 여자아이.
- 판데목 : 통영의 앞바다에 있는 수로 이름. 판데다리. 옛날에는 달고보리라고 했음.

통영(統營)

— 남행시초 2

고성가도(固城街道)
- 남행시초 3

고성장 가는 길
해는 둥둥 높고

개 하나 얼린하지 않는 마을은
해밝은 마당귀에 맷방석 하나
빨갛고 노랗고
눈이 시울은 곱기도 한 건반밥
아 진달래 개나리 한참 피었구나

가까이 잔치가 있어서
곱디고은 건반밥을 말리우는 마을은
얼마나 즐거운 마을인가

어떤지 당홍치마 노란저고리 입은 새악시들이
웃고 살을 것만 같은 마을이다

• 얼린하지 않는 : 얼씬도 하지 않는. 한 마리도 나타나지 않는.
• 시울은 : 환하게 눈이 부신.
• 건반밥 : 잔치 때 쓰는 약밥.

고성가도(固城街道)
- 남행시초 3

삼천포(三千浦)
– 남행시초 4

졸레졸레 도야지새끼들이 간다
귀밑이 재릿재릿하니 볕이 담복 따사로운 거리다

잿더미에 까치 오르고 아이 오르고 아지랑이 오르고

해바라기 하기 좋을 볏곡간 마당에
볏짚같이 누우란 사람들이 물러서서
어느 눈 오신 날 눈을 츠고 생긴 듯한 말다툼 소리도
누우라니

소는 기르매 지고 조은다

아 모도들 따사로히 가난하니

• 츠고 : 치고.
• 기르매 : 길마. 짐을 실으려고 소의 등에 얹는 안장.

삼천포(三千浦)
— 남행시초 4

북관(北關)

- 함주시초(咸州詩抄) 1

명태(明太) 창난젓에 고추무거리에 막칼질한 무이를
비벼 익힌 것을
이 투박한 북관(北關)을 한없이 끼밀고 있노라면
쓸쓸하니 무릎은 꿇어진다

시큼한 배척한 퀴퀴한 이 내음새 속에
나는 가느슥히 여진(女眞)의 살내음새를 맡는다

얼근한 비릿한 구릿한 이 맛 속에선
까마득히 신라(新羅) 백성의 향수도 맛본다

• 끼밀고 : 어떤 물건을 끼고 앉아 자세히 보며 느끼고 있노라면.
• 배척한 : 조금 비린 맛이나 냄새가 나는 듯한.
• 가느슥히 : 가느스름하게. 희미하게.

북관(北關)
— 함주시초(咸州詩抄) 1

노루
– 함주시초 2

장진(長津) 땅이 지붕넘에 넘석하는 거리다
자구나무 같은 것도 있다
기장감주에 기장차떡이 흔한데다
이 거리에 산골사람이 노루새끼를 다리고 왔다
산골사람은 막베등거리 막베잠방둥에를 입고
노루새끼를 닮었다
노루새끼 등을 쓸며
터 앞에 당콩순을 다 먹었다 하고
서른닷냥 값을 부른다
노루새끼는 다문다문 흰점이 배기고 배안의 털을 너
슬너슬 벗고
산골사람을 닮었다

노루
- 함주시초 2

산골사람의 손을 핥으며

약자에 쓴다는 흥정소리를 듣는 듯이

새까만 눈에 하이얀 것이 가랑가랑한다

- 넘석하는 : 목을 길게 빼고 자꾸 넘겨다보는.
- 자구나무 : 자귀나무.
- 기장 : 벼과의 일년초로 식용작물.
- 막베등거리 : 거칠게 짠 베로 만든 덧저고리.
- 당콩순 : 강낭콩순.
- 다문다문 : 드문드문. 띄엄띄엄.
- 약자 : 약재료.
- 가랑가랑하다 : 그렁그렁한다. 물이 거의 찰 듯한 상태.

노루
- 함주시초 2

고사(古寺)
- 함주시초 3

부뚜막이 두 길이다
이 부뚜막에 놓인 사닥다리로 자박수염난 공양주는
성궁미를 지고 오른다

한말 받을 한다는 크나큰 솥이
외면하고 가부틀고 앉어서 염주도 세일 만하다

화라지송침이 단채로 들어간다는 아궁지
이 험상궂은 아궁지도 조앙님은 무서운가 보다

농마루며 바람벽은 모두들 그느슥히
흰밥과 두부와 튀각과 자반을 생각나 하고

고사(古寺)
- 함주시초 3

하폄도 남직하니 불기와 유종들이
묵묵히 팔짱끼고 쭈그리고 앉었다

재 안 드는 밤은 불도 없이 캄캄한 까막나라에서
조앙님은 무서운 이야기나 하면
모두들 죽은 듯이 엎데였다 잠이 들 것이다

- 자박수염 : 다박나룻. 다보록하게 함부로 난 수염.
- 공양주 : 부처에게 시주하는 사람. 또는 절에서 밥을 짓는 중.
- 성궁미 : 부처에게 바치는 쌀.
- 화라지송침 : 소나무 옆가지를 쳐서 칡덩굴이나 새끼줄로 묶어 땔
  감으로 장만한 다발.
- 조앙님 : 부엌을 맡은 신. 부엌에 있으며 모든 길흉을 판단함.
- 불기 : 부처의 공양미를 담는 그릇.
- 유종 : 놋그릇으로 만든 종발.
- 재(齋) 안드는 : 명복을 비는 불공이 없는.

고사(古寺)
— 함주시초 3

선우사(膳友辭)
- 함주시초 4

낡은 나조반에 흰밥도 가재미도 나도 나와 앉어서
쓸쓸한 저녁을 맞는다

흰밥과 가재미와 나는
우리들은 그 무슨 이야기라도 다 할 것 같다
우리들은 서로 미덥고 정답고 그리고 서로 좋구나

우리들은 맑은 물밑 해정한 모래톱에서 하루 긴 날
을 모래알만 헤이며 잔뼈가 굵은 탓이다

바람 좋은 한벌판에서 물닭이 소리를 들으며 단이슬
먹고 나이들은 탓이다

외따른 산골에서 소리개소리 배우며 다람쥐 동무하
고 자라난 탓이다

선우사(膳友辭)
- 함주시초 4

우리들은 모두 욕심이 없어 희여졌다
착하디 착해서 세괏은 가시 하나 손아귀 하나 없다
너무나 정갈해서 이렇게 파리했다

우리들은 가난해도 서럽지 않다
우리들은 외로워할 까닭도 없다
그리고 누구 하나 부럽지도 않다

흰밥과 가재미와 나는
우리들이 같이 있으면
세상 같은 건 밖에 나도 좋을 것 같다

• 나조반 : 나주에서 생산된 전통 소반.
• 소리개소리 : 솔개 소리. 솔개는 매의 일종임.
• 세괏은 : 매우 기세가 억세고 날카로운.

선우사(膳友辭)
  - 함주시초 4

산곡(山谷)
- 함주시초 5

돌각담에 머루송이 깜하니 익고
자갈밭에 아즈까리알이 쏟아지는
잠풍하니 볕바른 골짝이다
나는 이 골짝에서 한겨울을 날려고 집을 한 채 구하였다
집이 몇 집 되지 않는 골안은
모두 터앝에 김장감이 퍼지고
뜨락에 잡곡 낟가리가 쌓여서
어니 세월에 뷔일 듯한 집은 뵈이지 않았다
나는 자꾸 골안으로 깊이 들어갔다

골이 다한 산대 밑에 자그마한 돌능와집이 한 채 있어서
이 집 남길동 단 안주인은 겨울이면 집을 내고
산을 돌아 거리로 나려간다는 말을 하는데
해바른 마당에는 꿀벌이 스무나문 통 있었다

산곡(山谷)
– 함주시초 5

낮 기울은 날을 햇볕 장글장글한 툇마루에 걸어앉어서
지난 여름 도락구를 타고 장진(長進)땅에 가서 꿀을
치고 돌아왔다는 이 벌들을 바라보며 나는
날이 어서 추워져서 쑥국화꽃도 시들고
이 바즈런한 백성들도 다 제집으로 들은 뒤에
이 골안으로 올 것을 생각하였다

• 잠풍하니 : 잔잔한 바람이 살랑살랑 부는 듯하니.
• 터알 : 텃밭. 집의 울안에 있는 작은 밭.
• 돌능와집 : 기와 대신 얇은 돌조각을 지붕으로 인 집.
• 남길동 : 남색의 저고리 깃동.

산곡(山谷)
— 함주시초 5

구장로(球場路)
- 서행시초(西行詩抄) 1

삼리(三里)밖 강 쟁변엔 자갯돌에서

비멀이한 옷을 부승부승 말려 입고 오는 길인데

산 모롱고지 하나 도는 동안에 옷은 또 함북 젖었다

한 이십리(二十里) 가면 거리라든데

한껏 남아 걸어도 거리는 보이지 않는다

나는 어느 외진 산길에서 만난 새악시가 곱기도 하

듯 것과

어느메 강물 속에 들여다보이던 쏘가리가 한자나 되

게 크던 것을 생각하며

산비에 젖었다는 말랐다 하며 오는 길이다

구장로(球場路)
– 서행시초(西行詩抄) 1

이젠 배도 출출히 고팠는데

어서 그 옹기장사가 온단느 거리도 들어가면

무엇보다도 먼저 '주류판매업(酒類販賣業)' 이라고 써

붙인 집으로 들어가자

그 뜨수한 구들에서

따끈한 삼십오도 소주(燒酒)나 한 잔 마시고

그리고, 그 시래기국에 소피를 넣고 두부를 두고 끓

인 구술한 술국을 뜨근히

몇 사발이고 왕사발로 몇 사발이고 먹자

구장로(球場路)
— 서행시초(西行詩抄) 1

북신(北新)
- 서행시초 2

거리에는 모밀내가 났다
부처를 위하는 정갈한 노친네의 내음새 같은 모밀내
가 났다

어쩐지 향산(香山) 부처님이 가까웁다는 거린데
국수집에서는 농짝 같은 도야지를 잡어 걸고 국수에
치는 도야지고기는 돗바늘 같은 털이 드문드문 배겼다
나는 이 털도 안 뽑은 도야지 고기를 물끄러미 바라보며
또 털도 안 뽑은 고기를 시꺼면 맨모밀국수에 얹어
서 한입에 꿀꺽 삼키는 사람들을 바라보며

나는 문득 가슴에 뜨끈한 것을 느끼며
소수림왕(小獸林王)을 생각한다 광개토대왕(廣開土大
王)을 생각한다

• 모밀내 : 모밀 냄새.
• 향산 : 묘향산.
• 돗바늘 : 아주 굵은 바늘.

북신(北新)
– 서행시초 2

팔원(八院)
- 서행 시초 3

차디찬 아침인데
묘향산행(妙香山行) 승합자동차(乘合自動車)는 텅하니
비어서
나이 어린 계집아이 하나가 오른다
옛말속같이 진진초록 새 저고리를 입고
손잔등이 밭고랑처럼 몹시도 터졌다
계집아이는 자성(慈城)으로 간다고 하는데
자성(慈城)은 예서 삼백오십리(三白五十里) 묘향산(妙
香山) 백오십리(百五十里)
묘향산 어디메서 삼춘이 산다고 한다

팔원(八院)
- 서행 시초 3

쌔하얗게 얼은 자동차(自動車) 유리창 밖에
내지인(內地人) 주재소장(駐在所長) 같은 어른과 어린
아이 둘이 내임을 낸다
계집아이는 운다 느끼며 운다
텅 비인 차 안 한구석에서 어느 한 사람도 눈을 씻는다
계집아이는 몇 해고 내지인 주재소장 집에서
밥을 짓고 걸레를 치고 아이보개를 하면서
이렇게 추운 아침에도 손이 꽁꽁 얼어서
찬물에 걸레를 쳤을 것이다

• 내임을 낸다 : 배웅을 한다.

팔원(八院)
― 서행 시초 3

월림(月林)장
- 서행 시초 4

'자시동북팔〇천희천(自是東北八〇粁熙川)'의 팻말
이 선 곳
　돌능와집에 소달구지에 싸리신에 옛날이 사는 장거
리에
　어느 근방 산천(山川)에서 덜거기 꿱꿱 검방지게 운다

　초아흐레 장판에
　산 멧도야지 너구리가죽 튀튀새 났다
　또 가얌에 귀이리에 도토리묵 도토리범벅도 났다

월림(月林)장
— 서행 시초 4

나는 주먹다시 같은 떡당이에 꿀보다도 달다는 강낭
엿을 산다

그리고 물이라도 들 듯이 샛노랗디 샛노란 산골 마
가슬 볕에 눈이 시울도록 샛노랗디 샛노란 햇기장쌀을
주무르며

기장쌀은 기장차떡이 좋고 기장치랍이 좋고 기장감
주가 좋고 그리고 기장쌀로 쑨 호박죽은 맛도 있는 것
을 생각하며 나는 기쁘다.

- 자시동북팔○천희천(自是東北八○粁熙川) : 여기(月林 장)서부터 동
  북쪽 방면으로 희천(熙川)까지는 8km. 월림에서 희천군 희천읍까지
  는 80리가 되는데, 이를 km로 환산하면 30km가 약간 넘는다.
- 덜거기 : 숫놈 장끼.
- 떡당이 : 떡덩이.
- 마가슬 : 넘어가는 해의 빛. 저녁 오후 3시를 넘어서는 햇빛.

월림(月林)장
- 서행 시초 4

산숙(山宿)
－산중음(山中吟) 1

여인숙(旅人宿)이라도 국수집이다

모밀가루포대가 그득하니 쌓인 웃간은 들믄들믄 더

웁기도 하다

나는 낡은 국수분틀과 그즈런히 나가 누어서

구석에 데굴데굴하는 목침(木枕)들을 베어보며

이 산(山)골에 들어와서 이 목침(木枕)들이 새까마니

때를 올리고 간 사람들을 생각한다

그 사람들의 얼굴과 생업(生業)과 마음들을 생각해

본다

산숙(山宿)
—산중음(山中吟) 1

향악(饗樂)
─ 산중음 2

초생달이 귀신불같이 무서운 산(山)골거리에선
처마끝에 종이등의 불을 밝히고
쩌락쩌락 떡을 친다
감자떡이다
이젠 캄캄한 밤과 개울물 소리만이다

• 향악(饗樂) : 제사지내는 소리.

133
향악(饗樂)
-산중음 2

야반(夜半)
- 산중음 3

토방에 승냥이 같은 강아지가 앉은 집
부엌으론 무럭무럭 하이얀 김이 난다
자정도 훨씬 지났는데
닭을 잡고 모밀국수를 누른다고 한다
어늬 산(山)옆에선 캥캥 여우가 운다

• 야반(夜半) : 한밤중.

야반(夜半)
-산중음 3

백화(白樺)
−산중음 4

산골집은 대들보도 기둥도 문살도 자작나무다

밤이면 캥캥 여우가 우는 산(山)도 자작나무다

그 맛있는 모밀국수를 삶는 장작도 자작나무다

그리고 감로(甘露)같이 단샘이 솟는 박우물도 자작나무다

산 너머는 평안도(平安道)땅도 뵈인다는 이 산골은 온통

자작나무다

• 백화 : 자작나무.
• 박우물 : 바가지로 물을 뜨는 얕은 우물.

백화(白樺)
-산중음 4

내가 생각하는 것은

밖은 봄철날 따디기의 누굿하니 푹석한 밤이다
거리에는 사람두 많이 나서 흥성흥성 할 것이다
어쩐지 이 사람들과 친하니 싸다니고 싶은 밤이다

그렇건만 나는 하이얀 자리 위에서 마른 팔뚝의
샛파란 핏대를 바라보며 나는 가난한 아버지를 가진
것과
내가 오래 그려오든 처녀가 시집을 간 것과
그렇게도 살틀하든 동무가 나를 버린 일을 생각한다

내가 생각하는 것은

또 내가 아는 그 몸이 성하고 돈도 있는 사람들이
즐거이 술을 먹으려 다닐 것과
내 손에는 신간서(新刊書) 하나도 없는 것과
그리고 그 '아서라 세상사(世上事)'라도 들을
유성기도 없는 것을 생각한다

그리고 이러한 생각이 내 눈가를 내 가슴가를 뜨겁
게 하는 것도 생각한다

- 따디기 : 한낮의 뜨거운 햇빛 아래 흙이 풀려 푸석푸석한 저녁 무렵.
- 누굿하니 : 여유가 있는.
- 살틀하든 : 너무나 다정스러우며 허물없이 위로해주고 보살펴 주던.

가키사키(柿崎)의 바다

저녁밥때 비가 들어서
바다엔 배와 사람이 흥성하다

참대창에 바다보다 푸른 고기가 께우며 섬돌에 곱조
개가 붙는 집의 복도에서는 배창에 고기 떨어지는 소
리가 들렸다

이즉하니 물기에 누굿이 젖은 왕구새자리에서 저녁
상을 받은 가슴 앓는 사람은 참치회를 먹지 못하고 눈
물겨웠다

어득한 기슭의 행길에 얼굴이 해쓱한 처녀가 새벽달
같이 아 아즈내인데 병인(病人)은 미역 냄새 나는 덧문
을 닫고 버러지같이 누었다

• 가키사키(柿崎) : 일본의 이즈반도의 최남단에 있는 항구.
• 아즈내 : 초저녁.

창의문외(彰義門外)

　무이밭에 흰나비 나는 집 밤나무 머루넝쿨 속에 키
질하는 소리만이 들린다
　우물가에서 까치가 자꾸 짖거니 하면
　붉은 수탉이 높이 샛더미 위로 올랐다
　텃밭가 재래종의 임금(林檎) 나무에는 이제는 콩알만
한 푸른 알이 달렸고 히스무레한 꽃도 하나 둘 피여 있다
　돌담 기슭에 오지항아리 독이 빛난다

・무이밭 : 무밭.
・샛더미 : 빈터에 높다랗게 쌓아놓은 땔감더미.
・임금(林檎) 나무에는 : 능금(사과)나무에는.
・오지항아리 : 흙으로 초벌 구운 위에 오짓물을 입혀 구운 항아리.

창의문외(彰義門外)

정문촌(旌門村)

주홍칠이 날은 정문(旌門)이 하나 마을 어구에 있었다

'효자노적지지정문(孝子盧迪之之旌門)' – 몬지가 겹
겹이 앉은 목각(木刻)의 액(額)에
나는 열 살이 넘도록 갈지자(字) 둘을 웃었다

아카시아꽃의 향기가 가득하니 꿀벌들이 많이 날어
드는 아츰
구신은 없고 부엉이가 담벽을 띠쫗고 죽었다

기왓골에 배암이 푸르스름히 빛난 달밤이 있었다
아이들은 쪽재피같이 먼길을 돌았다

정문(旌門)집 가난이는 열다섯에
늙은 말꾼한테 시집을 갔겄다

• 정문(旌門) : 충신. 효자. 열녀 등을 표창하기 위하여 그의 집 앞이나
마을 앞에 세우던 붉은 문. 작설(綽楔). 홍문(紅門).
• 띠쫗고 : 치쪼고. 뾰족한 부리로 위를 향해 잇따라 쳐서 찍고.

여우난골

박을 삶는 집
할아버지와 손자가 오른 지붕 위에 한울빛이 진초록이다
우물의 물이 쓸 것만 같다

마을에서는 삼굿을 하는 날
건넌마을서 사람이 물에 빠져 죽었다는 소문이 왔다

노란 싸릿잎이 한불 깔린 토방에 햇칡방석을 깔고 나
는 호박떡을 맛있게도 먹었다

어치라는 산새는 벌배 먹어 고흡다는 골에서 돌배 먹
고 앓던 배를 아이들은 떨배 먹고 나었다고 하였다

• 삼굿 : 삼(大麻)을 벗기기 위하여 구덩이에 쪄내는 일.
• 한불 : 상당히 많은 것들이 한 표면을 덮고 있는 상태.
• 토방 : 마루를 놓을 수 있는 처마 밑의 땅.
• 햇칡방석 : 그 해에 새로 나온 칡덩굴을 엮어 만든 방석.
• 어치 : 까마귀과의 새.
• 벌배 : 산과 들에서 저절로 나는 야생 배.

삼방(三防)

갈부던 같은 약수(藥水)터의 산(山)거리엔 나무그릇
과 다래 나무 지팽이가 많다

산 너머 십오리(十五里)서 나무뒝치 차고 싸리신 신
고 산비에 촉촉이 젖어서 약(藥)물을 받으려 오는 두멧
아이들도 있다

아랫마을에서는 애기무당이 작두를 타며 굿을 하는
때가 많다

• 갈부던 : 갈잎으로 엮어 만든 장신구.

석양(夕陽)

거리는 장날이다

장날거리에 영감들이 지나간다

영감들은

말상을 하였다 범상을 하였다 쪽재비상을 하였다

개발코를 하였다 안장코를 하였다 질병코를 하였다

그 코에 모두 학실을 썼다

돌체 돗보기다 대모체 돗보기다 로이도 돗보기다

영감들은 유리창 같은 눈을 번득거리며

투박한 북관(北關)말을 떠들어대며

쇠리쇠리한 저녁해 속에

사나운 즘생같이들 사러졌다

• 개발코 : 개발처럼 뭉퉁하게 생긴 코. 넙죽한 코.
• 안장코 : 말의 안장처럼 콧등이 잘룩하게 생긴 코.
• 질병코 : 거칠고 투박한 오지병처럼 생긴 코.
• 학실 : 노인들이 쓰는 안경. 다리 가운데를 접었다 폈다 할 수 있게 만든 안경.
• 돌체 돗보기 : 석영(石英) 유리로 만든 안경테를 만든 돋보기.
• 대모체 돗보기 : 바다거북의 등 껍데기로 안경태를 만든 돋보기.
• 로이도 돗보기 : 헤롤드 로이드. 미국의 희극 배우. 로이드 안경에 맥고모차 차림으로 1920년대 평균적 미국인을 표현함.
• 쇠리쇠리한 : 눈이 부신.

석양(夕陽)

수라(修羅)

거미새끼 하나 방바닥에 나린 것을 나는 아무 생각
없이 문밖으로 쓸어버린다
　차디찬 밤이다

어니젠가 새끼거미 쓸려나간 곳에 큰거미가 왔다
나는 가슴이 짜릿한다
나는 또 큰거미를 쓸어 문밖으로 버리며
찬 밖이라도 새끼 있는 데로 가라고 하며 서러워한다

155

수라(修羅)

이렇게 해서 아린 가슴이 싹기도 전이다

어데서 좁쌀알만한 알에서 가제 깨인 듯한 발이 채 서지도 못한 무척 작은 새끼거미가 이번엔 큰거미 없어진 곳으로 와서 아물거린다

나는 가슴이 메이는 듯하다

내 손에 오르기라도 하라고 나는 손을 내어미나 분명히 울고불고 한 이 작은 것은 나를 무서우이 달어나 버리며 나를 서럽게 한다

나는 이 작은 것을 고이 보드라운 종이에 받어 또 문 밖으로 버리며

이것의 엄마와 누나나 형이 가까이 이것의 걱정을 하며 있다가 쉬이 만나기나 했으면 좋으련만 하고 슬퍼한다

• 수라 : 싸움을 일삼는 귀신.
• 싹기도 : 흥분이 가라앉기도.
• 가제 : 방금. 막.

여승(女僧)

여승은 합장(合掌)하고 절을 했다
가지취의 내음새가 났다
쓸쓸한 낯이 옛날같이 늙었다
나는 불경(佛經)처럼 서러워졌다

평안도의 어느 산 깊은 금덤판
나는 파리한 여인에게서 옥수수를 샀다
여인은 나어린 딸아이를 따리며 가을밤같이 차게 울었다

여승(女僧)

섶벌같이 나아간 지아비 기다려 십 년(十年)이 갔다
지아비는 돌아오지 않고
어린 딸은 도라지꽃이 좋아 돌무덤으로 갔다

산꿩도 섧게 울은 슬픈 날이 있었다
산절의 마당귀에 여인의 머리오리가 눈물방울과 같
이 떨어진 날이 있었다

- 가지취 : 참취나물. 식용 산나물의 한 가지.
- 금덤판 : 금점판(金店)판. 금광의 일터.
- 섶벌 : 울타리 옆에 놓아치는 벌통에서 꿀을 따 모으려고 분주히
  드나드는 재래종 꿀벌.
- 머리오리 : 머리카락.

여승(女僧)

이두국주가도(伊豆國湊街道)

옛적본의 휘장마차에

어느메 촌중의 새 새악시와도 함께 타고

먼 바닷가의 거리로 간다는데

금귤이 눌한 마을마을을 지나가며

싱싱한 금귤을 먹는 것은 얼마나 즐거운 일인가

---

* 옛적본 : 옛날 분위기. 고전풍.
* 휘장마차 : 휘장을 두른 마차.
* 어느메: 어느 곳.
* 금귤 : 작은 귤의 한 종류.
* 눌한 : 빛이 흐리게 누르스름한.

연자간

달빛도 거지도 도적개도 모다 즐겁다
풍구재도 얼럭소도 쇠드랑볕도 모다 즐겁다

도적괭이 새끼락이 나고
살진 쪽제비 트는 기지개 길고

홰냥닭은 알을 낳고 소리치고
강아지는 겨를 먹고 오줌 싸고

개들은 게모이고 쌈지거리하고
놓여난 도야지 둥구재벼 오고

송아지 잘도 놀고
까치 보해 짖고

신영길 말이 울고 가고

장돌림 당나귀도 울고 가고

대들보 위에 베틀도 채일도 토리개도 모도들 편안하니

구석구석 후치도 보십도 소시랑도 모도들 편안하니

- 풍구재 : 풍구. 곡물로부터 쭉정이, 겨, 먼지 등을 제거하는 농구.
- 쇠드랑볕 : 쇠스랑볕. 쇠스랑 형태의 창살로 들어와 실내의 바닥에 비치는 햇살.
- 도적괭이 : 도둑고양이.
- 새끼락 : 커지며 나오는 손톱, 발톱.
- 해낭닭 : 홰에 올라앉는 닭.
- 둥구재벼 오고 : 둥구잡혀 오고, 물동이를 안고 오는 것처럼 잡혀 오고.
- 보해 : 뻔질나게 연달아 자주 드나드는 모양. 혹은 물건 같은 것을 쉴새 없이 분주하게 옮기며 드나드는 모양.
- 신영길 : 혼례식에 참석할 새신랑을 모시러 가는 행차.
- 채일 : 차일(遮日).
- 토리개 : 씨아. 목화의 씨를 빼는 기구.
- 후치 : 훌칭이. 극젱이. 쟁기와 비슷하나 보습 끝이 무디고 술이 곧게 내려감.
- 보십 : 보습. 쟁기나 곡괭이의 술바닥에 맞추는 삽 모양의 쇳조각.
- 소시랑 : 쇠스랑.

166

오금덩이라는 곳

어스름 저녁 국수당 돌각담의 수무나무 가지에 녀귀의 탱을 걸고 나물매 갖추어 놓고 비난수를 하는 젊은 새악시들
— 잘먹고 가라 서리서리 물러가라 네 소원 풀었으니 다시 침노 말아라

벌개늪녘에서 바리깨를 뚜드리는 쇳소리가 나면 누가 눈을 앓어서 부증이 나서 찰거마리를 부르는 것이다
마을에서는 피성한 눈슭에 저린 팔다리에 거마리를 붙인다

여우가 우는 밤이면

잠없는 노친네들은 일어나 팥을 깔이며 방뇨를 한다

여우가 주둥이를 향하고 우는 집에서는 다음날 으레

히 흉사가 있다는 것은 얼마나 무서운 말인가

- 국수당 : 마을의 본향당신(부락 수호신)을 모신 집. 서낭당.
- 돌각담 : 돌담.
- 녀귀 : 여귀(女鬼). 못된 돌림병에 죽은 사람의 귀신. 제사를 받지
  못하는 귀신.
- 탱 : 탱화. 벽에 걸도록 그린 불상(佛像) 그림.
- 나물매 : 제법 맵시있게 이것저것 진설해놓은 제사나물.
- 비난수 : 무당이나 소경이 귄신에게 비손하는 말과 행위.
- 벌개늪 : 뻘건 빛깔의 이끼가 덮여 있는 오래된 늪.
- 바리깨 : 주발 뚜껑.
- 눈숡: 눈시울. 눈의 언저리의 속눈썹이 난 곳.

절망(絶望)

북관(北關)에 계집은 튼튼하다
북관에 계집은 아름답다
아름답고 튼튼한 계집은 있어서
흰 저고리에 붉은 길동을 달어
검정치마에 받쳐입은 것은
나의 꼭 하나 즐거운 꿈이였드니
어늬 아침 계집은
머리에 무거운 동이를 이고
손에 어린것의 손을 끌고
가펴러운 언덕길을
숨이 차서 올라갔다
나는 한종일 서러웠다

• 길동 : 저고리의 깃동.
• 가펴러운 : 가파른.

절망(絶望)

오리 망아지 토끼

오리치를 놓으려 아배는 논으로 내려간 지 오래다
　오리는 동비탈에 그림자를 떨어트리며 날아가고 나
는 동말랭이에서 강아지처럼 아배를 부르다 울다가
　　시악이 나서는 등뒤 개울물에 아배의 신짝과 버선목
과 대님오리를 모다 던져 버린다

　장날 아침에 앞 행길로 엄지 따라 지나가는 망아지
를 내라고 나는 조르면
　아배는 행길을 향해서 크다란 목소리로
　— 매지야 오나라
　— 매지야 오나라

오리 망아지 토끼

새하려 가는 아배의 지게에 지워 나는 산으로 가며
토끼를 잡으리라고 생각한다
　　맞구멍난 토끼굴을 아배와 내가 막어서면 언제나 토
끼새끼는 내 다리 아래로 달아났다
　　나는 서글퍼서 울상을 한다

- 오리치 : 야생 오리를 잡으려고 만든 그물.
- 동말랭이 : 논에 물이 흘러 들어가는 도랑의 둑.
- 시악(恃惡) : 마음속에서 공연히 생기는 심술.
- 매지 : 망아지.
- 새하다 : 땔나무를 장만하다

삼호(三湖)
― 물닭의 소리 1

문기슭에 바다해자를 까꾸로 붙인 집
산듯한 청삿자리 위에서 찌륵찌륵
우는 전복회를 먹어 한녀름을 보낸다

이렇게 한여름을 보내면서 나는 하늑이는
물살에 나이금이 느는 꽃조개와 함께
허리도리가 굵어가는 한 사람을 연연해 한다

• 청삿자리 : 푸른 왕골로 짠 삿자리.
• 하늑이는 : 하느적거리는. 가늘고 길고 부드러운 나뭇가지 같은 것
  이 계속하여 가볍고 경쾌하게 흔들 리는 모양.
• 나이금 : 나이테. 연륜.
• 연연해 한다 : 잊혀지지 않고 안타깝게 그리워한다.

삼호(三湖)
– 물닭의 소리 1

물계리(物界里)
-물닭의 소리 2

물밑 — 이 세모래 닌함박은 콩조개만 일다

모래장변 — 바다가 널어놓고 못믿없어 드나드는 명

주필을 짓궂이 발뒤축으로 찢으면

날과 씨는 모두 양금(洋琴)줄이 되어 짜랑짜랑 울었다

- 물계리 : 함경도 해안가의 백사장.
- 세모래 : 가늘고 고운 모래.
- 닌함박 : 이남박. 안쪽에 고랑이 지게 여러 줄로 돌려 판 함지박의 하나. 쌀을 일 때 쓰이는 바가지의 일종.
- 콩조개 : 아주 작은 조개.
- 날 : 세로로 놓은 실
- 씨 : 가로로 놓은 실
- 양금(洋琴) : 국악에서 쓰는 현악기의 한 가지. 네모 모양의 나무판에 열네개의 쇠줄을 매고, 채로 쳐서 소리를 냄. 사다리꼴의 넓적한 오동나무 통 위에 56개의 줄로 이어진 현악기.

물계리(物界里)
-물닭의 소리 2

대산동(大山洞)
– 물닭의 소리 3

비애고지 비애고지는
제비야 네 말이다
저 건너 노루섬에 노루 없드란 말이지
신미두 삼각산엔 가무래기만 나드란 말이지

비애고지 비애고지는
제비야 네 말이다
푸른 바다 흰 한울이 좋기도 좋단 말이지
해밝은 모래장변에 돌비 하나 섰단 말이지

대산동(大山洞)
- 물닭의 소리 3

비얘고지 비얘고지는

제비야 네말이다

눈발갱이 갈매기 발빨갱이 갈매기 가란 말이지

승냥이처럼 우는 갈매기

무서워 가란 말이지

- 비얘고지 : 증봉동 근처에 있는 마을. 정확히는 덕언면 신창동으로 옛날에는 '비파부락'이라고 불렀음. 그러나 여기서는 제비의 지저귐 소리로 파악 된다.
- 노루섬 : 정주읍에서 남서쪽으로 10리 거리의 바다건너 섬으로 내장도(內獐島),외장도(外獐島)를 지칭.
- 신미두 : 평북 신천군 운종면(雲從面)에 속한 큰 섬. 조기의 명산지 이기도 함.
- 가무래기 : 새까맣고 동그란 조개. 가무락조개
- 돌비 : 돌로 세운 비석.

남향(南鄕)
– 물닭의 소리 4

푸른 바닷가의 하이얀 하이얀 길이다

아이들은 늘늘히 청대나무말을 몰고
대모풍잠한 늙은이 또요 한 마리를 드리우고 갔다

이 길이다

얼마 가서 감로(甘露) 같은 물이 솟는 마을 하이얀 회
담벽에 옛적본의 장반시계를 걸어놓은 집 홀어미와 사
는 물새 같은 외딸의 혼삿말이 아즈랑이같이 낀 곳은

---

* 늘늘히 : 휘늘어진 것에 줄줄이 붙은 모습을 말함.
* 청대나무말 : 잎이 달린 아직 푸른 대나무를 어린이들이 말이라 하
  여 가랑이에 넣어서 끌고 다니며 노는 죽마(竹馬).
* 대모풍잠 : 대모갑으로 만든 풍잠.
* 또요 : 도요새. 도요과에 속하는 새의 총칭.
* 회담벽 : 회벽으로 된 담벽
* 옛적본 : 옛날 스타일의
* 장반시계 : 쟁반같이 생긴 둥근 시계.

남향(南鄕)
－ 물닭의 소리 4

야우소회(夜雨小懷)
– 물닭의 소리 5

캄캄한 비 속에
새빨간 달이 뜨고
하이얀 꽃이 퓌고
먼바루 개가 짖는 밤은
어데서 물외 내음새 나는 밤이다

캄캄한 비 속에
새빨간 달이 뜨고
하이얀 꽃이 퓌고
먼바루 개가 짖고
어데서 물외 내음새 나는 밤은

야우소회(夜雨小懷)
- 물닭의 소리 5

나의 정다운 것들 가지 명태 노루 뫼추리 질동이 노
랑나비 바구지꽃 메밀국수 남치마 자개짚세기 그리고
천희(天姬)라는 이름이 한없이 그리워지는 밤이로구나

- 먼바루 : 먼발치. 조금 멀찍이 떨어져 있는 곳.
- 물외 : 오이.
- 질동이 : 질그릇 만드는 흙으로 구워 만든 동이.
- 남치마 : 남색치마.
- 자개짚세기 : 작고 예쁜 조개껍데기들을 주워 짚신에 그득히 담아둔 것

야우소회(夜雨小懷)
- 물닭의 소리 5

꼴두기
- 물닭의 소리 6

신새벽 들망에
내가 좋아하는 꼴두기가 들었다
갓 쓰고 사는 마음이 어진데
새끼 그물에 걸리는 건 어인 일인가

갈매기 날어온다

입으로 먹을 뿜는 건
몇 십년 도를 닦어 피는 조환가
앞뒤로 가기를 마음대로 하는 건
손자(孫子)의 병서(兵書)도 읽은 것이다
갈매기 쭝얼댄다

꼴두기
- 물닭의 소리 6

그러나 시방 꼴두기는 배창에 너부러져 새새끼 같은
울음을 우는 곁에서
　뱃사람들의 언젠가 아홉이서 회를 처먹고도 남어 한
깃씩 노나가지고 갔다는 크디큰 꼴두기의 이야기를 들
으며 나는 슬프다

　갈매기 날어난다

- 신새벽 : 이른 새벽.
- 들망 : 후릿그물. 바다나 큰 강물에 넓게 둘러치고 여러 사람이 그
　두 끝을 끌어당기어 물고기를 잡는 큰 그물.
- 깃 : 각기 앞으로 돌아오는 몫. 자기가 차지할 물건.

꼴두기
- 물닭의 소리 6

오리

오리야 네가 좋은 청명(淸明) 밑께 밤은
옆에서 누가 뺨을 쳐도 모르게 어둡다누나
오리야 이때는 따디기가 되어 어둡단다

아무리 밤이 좋은들 오리야
해변벌에선 얼마나 너이들이 욱자지껄하며 멕이기에
해변땅에 나들이 갔든 할머니는
오리새끼들은 장몽이나 하듯이 떠들썩하니 시끄럽
기도 하드란 숭인가

그래도 오리야 호젓한 밤길을 가다

가까운 논배미 들에서

까알까알 하는 너이들의 즐거운 말소리가 나면

나는 내 말을 그 아는 사람들의 지껄지껄하는 말소

리같이 반가웁고나

오리야 너이들의 이야기판에 나도 들어

밤을 같이 밝히고 싶고나

오리야 나는 네가 좋구나 네가 좋아서

벌논의 늪 옆에 쭈구렁 벼알 달린 짚검불을 널어놓고

닭이짗 올코에 새끼달은치를 묻어놓고

동둑넘에 숨어서

하로진일 너를 기다린다

오리야 고운 오리야 가만히 안겼거라

너를 팔어 술을 먹는 노(盧)장에 영감은

홀아비 소의연 침을 놓는 영감인데

나는 너를 백동전 하나 주고 사오누나

나를 생각하든 그 무당의 딸은 내 어린 누이에게

오리야 너를 한쌍 주드니

어린 누이는 없고 저는 시집을 갔다건만

오리야 너는 한쌍이 날어가누나

- 따디기 : 한낮의 뜨거운 햇빛 아래 흙이 풀려 푸석푸석한 저녁 무렵.
- 멕이기에 : '고정되지 않고 움직이다'는 뜻의 평북 방언. '쏘다니다'의 뜻으로도 쓰임.
- 장몿이나 : 장날이 되어 장터에 사람들이 와글와글 모여 붐비는 것.
- 논배미 : 논의 한 구역으로 논과 논 사이를 구분한 것.
- 닭이짖올코 : 닭의 깃털을 붙여서 만든 올가미.
- 새끼달은치 : 새끼다랑치. 새끼줄을 엮어서 만든 끈이 달린 바구니.
- 동둑 : 못에 쌓는 큰 둑. 방죽.
- 하로진일 : 하루종일.
- 소의연 : 소의원. 소의 병을 침술로 낫게 해주던 사람.

추야일경(秋夜一景)

닭이 두 홰나 울었는데
안방 큰방은 홰줏하니 당등을 하고
인간들은 모두 웅성웅성 깨여 있어서들
오가리며 석박디를 썰고
생강에 파에 청각에 마눌을 다지고

시래기를 삶는 훈훈한 방안에는
양념 내음새가 싱싱도 하다

밖에는 어데서 물새가 우는데
토방에선 햇콩두부가 고여히 숨이 들어갔다.

- 홰줏하니 : 어둑하니 호젓한 느낌이 드는.
- 딩등 : 밤새도록 켜놓는 등불.
- 오가리 : 박, 무우, 호박 따위의 살을 오리거나 썰어서 말린 것.
- 석박디 : 섞박지. 김장할 때 절인 무와 배추.
- 청각 : 짙은 녹색이고 부드러운 해초.

추야일경(秋夜一景)

추일산조(秋日山朝)

아침볕에 섶구슬이 한가로히 익는 골짝에서 꿩은 울
어 산울림과 장난을 한다

산마루를 탄 사람들은 새꾼들인가
파란 한울에 떨어질 것같이
웃음소리가 더러 산밑까지 들린다

순례(巡禮)중이 산을 올라간다
어젯밤은 이 산 절에 재(齊)가 들었다

무리돌이 굴러나리는 건 중의 발꿈치에선가

· 섶구슬 : 풀섶의 구슬. 즉 풀잎에 맺힌 이슬방울.
· 새꾼 : 나무꾼.
· 무리돌 : 많은 돌.

추일산조(秋日山朝)

칠월(七月) 백중

마을에서는 세불 김을 다 매고 들에서
개장취념을 서너 번 하고 나면
백중 좋은 날이 슬그머니 오는데
백중날에는 새악시들이
생모시치마 천진푀치마의 물팩치기 껑추렁한 치마에
쇠주푀적삼 항라적삼의 자지고름이 기드렁한 적삼에
한끝나게 상나들이 옷을 있는 대로 다 내입고
머리는 다리를 서너켜레씩 들어서
시뻘건 꼬둘채댕기를 삐뚜룩하니 해 꽂고
네날백이 따배기신을 맨발에 바꿔 신고
고개를 몇이라도 넘어서 약물터로 가는데
무썩무썩 더운 날에도 벌 길에는
건들건들 씨언한 바람이 불어오고
허리에 찬 남갑사 주머니에는 오랜만에 돈푼이 들어
즈벅이고
광지보에서 나온 은장두에 바늘집에 원앙에 바둑에
번들번들 하는 노리개는 스르럭스르럭 소리가 나고

고개를 몇이라도 넘어서 약물터로 오면

약물터엔 사람들이 백재일 치듯 하였는데

봉갓집에서 온 사람들도 만나 반가워하고

깨죽이며 문주며 섶자락 앞에 송구떡을 사서 권하거

니 먹거니 하고

그러다는 백중 물을 내는 소내기를 함뿍 맞고

호주를 하니 젖어서 달아나는데

이번에는 꿈에도 못 잊는 봉갓집에 가는 것이다

봉갓집을 가면서도 칠월 그믐 초가을을 할 때까지

평안하니 집살이를 할 것을 생각하고

애끼는 옷을 다 적시어도 비는 씨원만 하다고 생각

한다

- 백중 : 음력(陰曆)으로 칠월 보름날.
- 세불 : 일정한 기간을 두고 세 번.
- 개장취념 : 각자가 돈을 내어 개장국을 끓여 먹는 것.
- 쇠주푀적삼 : 중국 소주(蘇州)에서 생산된 고급 명주실로 짠 적삼.
- 향라적삼 : 명주, 모시, 무명실 등으로 짠 저고리. 여름옷으로 적당함.
- 자지고름 : 자줏빛의 옷고름.
- 기드렁한 : 길쭉하여 길게 늘어뜨린 모양을 한.
- 한끝나게 : 한껏 할 수 있는 데까지.
- 상나들이 : 가장 좋은 나들이.
- 꼬둘채댕기 : 가늘고 길게 만든 뻣뻣하게 꼬드러진 감촉의 댕기.
- 네날백이 : 세로줄로 네 가닥 날로 짠 짚신.
- 따베기 : 고운 짚신. 곱게 삼은 짚신.
- 남갑사 : 남색의 품질 좋은 사(紗).
- 광지보 : 광주리 보자기.
- 문주 : 빈대떡 만드는 부침개.
- 호주를 하니 : 물기에 촉촉히 젖어 몸이 후즐근하게 되어.
- 봉가집 : 본가집. 종가집.

탕약(湯藥)

눈이 오는데

토방에서는 질화로 위에 곱돌탕관에 약이 끓는다

삼에 숙변에 목단에 백복령에 산약에 택사의 몸을

보한다는 육미탕(六味湯)이다

약탕관에서는 김이 오르며 달큼한 구수한 향기로운

내음새가 나고

약이 끓는 소리는 삐삐 즐거웁기도 하다

그리고 다 달인 약을 하이얀 약사발에 밭어놓은 것은

아득하니 깜하야 만년(萬年) 옛적이 들은 듯한데

나는 두 손으로 고이 약그릇을 들고 이 약을 내인 옛

사람들을 생각하노라면

내 마음은 끝없이 고요하고 맑어진다

• 곱돌탕관 : 광택이 나는 곱돌을 깎아서 만든 약탕관.
• 숙변 : 숙지황(熟地黃), 한약재의 한 가지.
• 산약 : 마의 뿌리, 강장제.
• 택사 : 택사과에 속하는 다년초.

탕약(湯藥)

통영(統營)

　구마산(舊馬山)의 선창에선 좋아하는 사람이 울며 나
리는 배에 올라서 오는 물길이 반날
　갓 나는 고당은 갓갓기도 하다

　바람맛도 짭짤한 물맛도 짭짤한

　전복에 해삼에 도미 가재미의 생선이 좋고
　파래에 아개미에 호루기의 젓갈이 좋고

　새벽녘의 거리엔 쾅쾅 북이 울고
　밤새껏 바다에선 뿡뿡 배가 울고

　자다가도 일어나 바다로 가고 싶은 곳이다

　집집이 아이만한 피도 안 간 대구를 말리는 곳
　황화장삼 영감이 일본말을 잘도 하는 곳
　처녀들은 모두 어장주(漁場主)한테 시집을 가고 싶어
한다는 곳

212

산 너머로 가는 길 돌각담에 갸웃하는 처녀는 금(錦)이라는 이 같고

　　내가 들은 마산(馬山) 객주(客主)집의 어린 딸은 난(蘭)이라는 이 같고

　　난(蘭)이라는 이는 명정(明井)골에 산다든데

　　명정(明井)골은 산을 넘어 동백(冬栢)나무 푸르른 감로(甘露) 같은 물이 솟는 명정(明井) 샘이 있는 마을인데

　　샘터엔 오구작작 물을 긷는 쳐녀며 새악시들 가운데 내가 좋아하는 그이가 있을 것만 같고

　　내가 좋아하는 그이는 푸른 가지 붉게붉게 동백꽃 피는 철엔 타관 시집을 갈 것만 같은데

　　긴 토시 끼고 큰머리 얹고 오불고불 넘엣거리로 가는 여인은 평안도(平安道)서 오신 듯한데 동백(冬栢)꽃 피는 철이 그 언제요

옛 장수 모신 낡은 사당의 돌층계에 주저앉아서 나
는 이 저녁 울 듯 울 듯 한산도(閑山島) 바다에 뱃사공
이 되어가며

녕 낮은 집 담 낮은 집 마당만 높은 집에서 열나흘
달을 업고 손방아만 찧는 내 사람을 생각한다

- 고당 : 고장.
- 갓갓기도 : 가깝기도.
- 아개미 : 아가미.
- 호루기 : 쭈꾸미와 비슷하게 생긴 해산물.
- 황화장사 : 온갖 잡살뱅이의 물건을 지고 집집이 찾아다니며 파는 사람.
- 오구작작 : 여러 사람이 뒤섞여 떠드는 수선스런 모양.

남신의주(南新義州) 유동(柳洞) 박시봉방(朴時逢方)

어느 사이에 나는 아내도 없고, 또,

아내와 같이 살던 집도 없어지고,

그리고 살뜰한 부모며 동생들과도 멀리 떨어져서,

그 어느 바람 세인 쓸쓸한 거리 끝에 헤매이었다.

바로 날도 저물어서

바람은 더욱 세게 불고, 추위는 점점 더해 오는데,

나는 어느 목수(木手)네 집 헌 샅을 깐,

한 방에 들어서 쥔을 붙이었다.

이리하여 나는 이 습내 나는 춥고, 누굿한 방에서,

낮이나 밤이나 나는 나 혼자도 너무 많은 것 같이 생각하며,

딜옹배기에 북덕불이라도 담겨 오면,

이것을 안고 손을 쬐며 재 위에 뜻 없이 글자를 쓰기도 하며,

남신의주(南新義州) 유동(柳洞)
박시봉방(朴時逢方)

또 문 밖에 나가지두 않고 자리에 누워서,

머리에 손깍지베개를 하고 굴기도 하면서,

나는 내 슬픔이며 어리석음이며를 소처럼 연하여 쌔김질하는 것이었다.

내 가슴이 꽉 메어 올 적이며,

내 눈에 뜨거운 것이 핑 괴일 적이며,

또 내 스스로 화끈 낯이 붉도록 부끄러울 적이며,

나는 내 슬픔과 어리석음에 눌리어 죽을 수밖에 없는 것을 느끼는 것이었다.

그러나 잠시 뒤에 나는 고개를 들어,

허연 문창을 바라보든가 또 눈을 떠서 높은 천장을 쳐다보는 것인데,

이때 나는 내 뜻이며 힘으로, 나를 이끌어 가는 것이 힘든 일인 것을 생각하고,

이것들보다 더 크고, 높은 것이 있어서, 나를 마음대로 굴려 가는 것을 생각하는 것인데,

이렇게 하여 여러 날이 지나는 동안에,

221

남신의주(南新義州) 유동(柳洞)
박시봉방(朴時逢方)

내 어지러운 마음에는 슬픔이며, 한탄이며, 가라앉
을 것은 차츰 앙금이 되어 가라앉고,
　외로운 생각만이 드는 때쯤 해서는,
　더러 나줏손에 쌀랑쌀랑 싸락눈이 와서 문창을 치기
도 하는 때도 있는데,
　나는 이런 저녁에는 화로를 더욱 다가 끼며, 무릎을
꿇어 보며,
　어니 먼 산 뒷옆에 바우섶에 따로 외로이 서서
　어두어 오는데 하이야니 눈을 맞을, 그 마른 잎새에는
　쌀랑쌀랑 소리도 나며 눈을 맞을,
　그 드물다는 굳고 정한 갈매나무라는 나무를 생각하
는 것이었다.

- 삿 : 갈대를 엮어서 만든 자리.
- 쥔을 붙이었다 : 주인집에 세 들었다.
- 딜옹배기 : 아주 작은 자배기.
- 북덕불 : 짚북더기를 태운 불.
- 굴기도 하면서 : 구르기도 하면서.
- 나줏손 : 저녁 무렵.
- 바우섶 : 바위 옆.

남신의주(南新義州) 유동(柳洞)
박시봉방(朴時逢方)

여우난 골족(族)

　명절날 나는 엄매 아배 따라 우리집 개는 나를 따라
진할머니 진할아버지 있는 큰집으로 가면

　얼굴에 별자국이 솜솜 난 말수와 같이 눈도 껌벅거
리는 하루에 베 한 필을 짠다는 벌 하나 건너 집엔 복
숭아나무가 많은 신리(新里) 고무 고무의 딸 이녀(李女)
작은 이녀(李女)
　열여섯에 사십(四十)이 넘은 홀아비의 후처(後妻)가
된 포족족하니 성이 잘 나는 살빛이 매감탕 같은 입술
과 젖꼭지는 더 까만 예수쟁이 마을 가까이 사는 토산
(土山) 고무 고무의 딸 승녀(承女) 아들 승(承)동이

- 벌 : 매우 넓고 평평한 땅.
- 고무 : 고모, 아버지와 누이.
- 매감탕 : 엿을 고아낸 솥을 가셔낸 물. 혹은 메주를 쑤어낸 솥에 남
　아 있는 진한 갈색의 물.
- 토방돌 : 집채의 낙수 고랑 안쪽으로 돌려가며 놓은 돌. 섬돌.
- 오리치 : 평북 지방의 토속적인 사냥도구로 동그란 갈고리 모양으로
　된 야생오리를 잡는 도구.
- 안간 : 안방.

육십리(六十里)라고 해서 파랗게 뵈이는 산을 넘어
있다는 해변에서 과부가 된 코끝이 빨간 언제나 흰 옷이
정하든 말끝에 섧게 눈물을 짤 때가 많은 큰골 고무 고
무의 딸 홍녀(洪女) 아들 홍(洪)동이 작은 홍(洪)동이
　　배나무접을 잘하는 주정을 하면 토방돌을 뽑는 오리
치를 잘 놓는 먼 섬에 반디젓 담그러 가기를 좋아하는
삼춘 삼춘 엄매 사춘 누이 사춘 동생들이 그득히들 할
머니 할아버지가 안간에들 모여서 방안에서는 새옷의
내음새가 나고
　　또 인절미 송구떡 콩가루차떡의 내음새도 나고 끼때
의 두부와 콩나물과 뽂은 잔디와 고사리와 도야지 비
계는 모두 선득선득하니 찬 것들이다

• 저녁술 : 저녁밥. 저녁숟갈.
• 숨굴막질 : 숨바꼭질.
• 아릇간 : 아랫방.
• 조아질 : 부질없이 이것저것 집적거리며 해찰을 부리는 일.
• 쌈방이 : 주사위.
• 바리깨돌림 : 주발 뚜껑을 돌리며 노는 아동들의 유희.
• 호박떼기 : 아이들의 놀이.
• 제비손이구이손이 : 다리를 마주끼고 손으로 다리를 차례로 세며,
　'한알 때 두알 때 상사네 네비 오드득 뽀드득 제비손이구이손이 종
　제비 빠땅'이라 부르는 유희.

저녁술을 놓은 아이들은 외양간섶 밭마당에 달린 배나무 동산에서 쥐잡이를 하고 숨굴막질을 하고 꼬리잡기를 하고 가마 타고 시집가는 놀음 말 타고 장가 가는 놀음을 하고 이렇게 밤이 어둡도록 북적하니 논다

밤이 깊어 가는 집안엔 엄매는 엄매들끼리 아릇간에서들 웃고 이야기하고 아이들은 아이들끼리 웃간 한 방을 잡고 조아질하고 쌈방이 굴리고 바리깨돌림하고 호박떼기하고 제비손이구손이하고 이렇게 화디의 사기방등에 심지를 몇 번이나 돋구고 홍게닭이 몇 번이나 울어서 졸음이 오면 아릇목싸움 자리싸움을 하며 히드득거리다 잠이 든다. 그래서는 문창에 텅납새의 그림자가 치는 아침 시누이 동세들이 욱적하니 흥성거리는 부엌으론 샛문틈으로 장지문틈으로 무이징게국을 끓이는 맛있는 내음새가 올라오도록 잔다

- 화디 : 등대(燈臺). 나무나 놋쇠 같은 것으로 촛대 비슷하게 만든 등잔을 얹어놓는 기구.
- 사기방등 : 흙으로 빚어서 구운 방에서 켜는 등.
- 홍게닭 : 새벽닭.
- 텅납새 : 처마의 안쪽 지붕이 도라에 얹힌 부분.
- 동세 : 동서(同壻).
- 무이징게국 : 징거미민물새우에 무를 썰어 넣고 끓인 국.

북방(北方)에서

— 정현웅(鄭玄雄)에게

아득한 옛날에 나는 떠났다

　부여(扶餘)를 숙신(肅愼)을 발해(勃海)를 여진(女眞)을

요(遼)를 금(金)을

　흥안령(興安嶺)을 음산(陰山)을 아무우르를 숭가리를

　범과 사슴과 너구리를 배반하고

　송어와 메기와 개구리를 속이고 나는 떠났다

나는 그때

　자작나무와 이깔나무의 슬퍼하든 것을 기억한다

　갈대와 장풍의 붙드든 말도 잊지 않았다

　오로촌이 멧돌을 잡어 나를 잔치해 보내든 것도

　쏠론이 십리길을 따러나와 울든 것도 잊지 않았다

• 흥안령(興安嶺) : 중국 동북지방의 대흥안령과 소흥안령을 아울러 일
컬음. 서쪽을 북동 방향으로 달리는 연장 120km의 대흥안령 산계와
북부에서 남동 방향으로 옮겨 흑룡강을 따라 달리는 연장 400km의
소흥안령 산계로 나뉨.
• 음산 : 중국 몽골고원 남쪽에 뻗어 있는 산맥.
• 아무우르(Amur) : 흑룡강 주변의 지역.

231

북방(北方)에서
— 정현웅(鄭玄雄)에게

나는 그때

아모 이기지 못할 슬픔도 시름도 없이

다만 게을리 먼 앞대로 떠나 나왔다

그리하여 따사한 햇귀에서 하이얀 옷을 입고 매끄러

운 밥을 먹고 단샘을 마시고 낮잠을 잤다

밤에는 먼 개소리에 놀라나고

아침에는 지나가는 사람마다에게 절을 하면서도

나는 나의 부끄러움을 알지 못했다

그동안 돌비는 깨어지고 많은 은금보화는 땅에 묻히

고 가마귀도 긴 족보를 이루었는데

이리하야 또 한 아득한 새 옛날이 비롯하는 때

이제는 참으로 이기지 못할 슬픔과 시름에 쫓겨

나는 나의 옛 한울로 땅으로 ─ 나의 태반(胎盤)으로

돌아왔으나

---

* 숭가리(Sungari) : 송화강. 중국 만주에 있는 큰 강.
* 장풍 : 창포. 뿌리는 한약으로 쓰임.
* 오로촌 : 만주의 유목민족. 매우 예절 바른 부족으로 한국인과 유사함.
* 멧돌 : 멧돼지.

북방(北方)에서
- 정현웅(鄭玄雄)에게

이미 해는 늘고 달은 파리하고 바람은 미치고 보래
구름만 혼자 넋없이 떠도는데

아, 나의 조상은 형제는 일가친척은 정다운 이웃은
그리운 것은 사랑하는 것은 우러르는 것은 나의 자랑
은 나의 힘은 없다 바람과 물과 세월과 같이 지나가고
없다

- 쏠론(Solon) : 남방 퉁구스족의 일파. 아무르강의 남방에 분포함. 색
  륜(索倫).
- 돌비 : 돌로 된 비석.
- 미치고 : 몹시 불고.
- 보래구름 : 많이 흩어져 날리고 있는 작은 구름덩이.

북방(北方)에서
— 정현웅(鄭玄雄)에게

가즈랑집

승냥이가 새끼를 치는 전에는 쇠메 든 도적이 났다
는 가즈랑고개

가즈랑집은 고개 밑의
산 너머 마을서 도야지를 잃는 밤 즘생을 쫓는 깽제
미 소리가 무서웁게 들려오는 집
닭 개 짐승을 못 놓는
멧도야지와 이웃사춘을 지나는 집

예순이 넘은 아들 없는 가즈랑집 할머니는 중같이
정해서 할머니가 마을을 가면 긴 담뱃대에 독하다는
막써레기를 몇대라도 붙이라고 하며

간밤엔 섬돌 아래 승냥이가 왔었다는 이야기
어느메 산골에선간 곰이 아이를 본다는 이야기

• 가즈랑집 : '가즈랑'은 고개 이름. '가즈랑집'은 할머니의 택호.
• 쇠메 : 쇠로 된 메. 묵직한 쇠토막에 구멍을 뚫고 자루를 박음.
• 깽제미 : 꽹과리.
• 섬돌 : 토방돌.

나는 돌나물김치에 백설기를 먹으며

옛말의 구신집에 있는 듯이

가즈랑집 할머니

내가 날 때 죽은 누이도 날 때

무명필에 이름을 써서 백지 달아서 구신간시렁의 당

즈깨에 넣어 대감님께 수영을 들였다는 가즈랑집 할머니

언제나 병을 앓을 때면

신장님 단련이라고 하는 가즈랑집 할머니

구신의 딸이라고 생각하면 슬퍼졌다

토끼도 살이 오른다는 때 아르대즘퍼리에서 제비꼬

리 마타리 쇠조지 가지취 고비 고사리 두릅순 회순 산

나물을 하는 가즈랑집 할머니를 따르며

나는 벌써 달디단 물구지우림 둥글레우림을 생각하고

아직 멀은 도토리묵 도토리범벅까지도 그리워한다

- 구신집 : 귀신이 있는 집. 무당집.
- 구신간시렁 : 걸립(乞粒)귀신을 모셔놓은 시렁. 집집마다 대청 도리
  위 한구석에 조그마한 널빤지로 선반을 매고 위하였음.
- 당즈깨 : 뚜껑이 있는 바구니로 '당세기'라고도 함.
- 수영 : 수양(收養). 데려다 니근 딸이나 아들.
- 아르대즘퍼리 : '아래쪽에 있는 진창으로 된 펄'이라는 평안도식 지명.
- 제비꼬리 : 식용 산나물의 한 가지.
- 가지취 : 참취나물. 산나물의 한 가지.
- 고비 : 식용 산나물의 한 종류.

뒤우란 살구나무 아래서 광살구를 찾다가

살구벼락을 맞고 울다가 웃는 나를 보고

미꾸먹에 털이 몇 자나 났나 보자고 한 것은 가즈랑

집 할머니다

찰복숭아를 먹다가 씨를 삼키고는 죽는 것만 같어

하루종일 놀지도 못하고 밥도 안 먹은 것도

가즈랑집에 마을을 가서

당세 먹은 강아지같이 좋아라고 집오래를 설레다가

였다

- 물구지우림 : 물구지(무릇)의 뿌리를 물에 담가 쓴맛을 우려낸 것.
- 둥굴레우림 : 둥굴레플의 뿌리를 물에 담가 쓴맛을 우려낸 것을 계
  속해서 삶은것.
- 광살구 : 너무 익어 저절로 떨어지게 된 살구.
- 당세 : 당수. 곡식가루에 술을 쳐서 미음처럼 쑨 음식.
- 집오래 : 집의 울 안팎.

고야(古夜)

아배는 타관 가서 오지 않고 산비탈 외따른 집에 엄매와 나와 단둘이서 누가 죽이는 듯이 무서운 밤 집 뒤로는 어느 산골짜기에서 소를 잡어먹는 노나리꾼들이 도적놈들같이 쿵쿵거리며 다닌다

날기멍석을 져간다는 닭보는 할미를 차 굴린다는 땅 아래 고래 같은 기와집에는 언제나 니차떡에 청밀에 은금보화가 그득하다는 외발 가진 조마구 뒷산 어느메도 조마구네 나라가 있어서 오줌 누러 깨는 재밤 머리맡의 ·문살에 대인 유리창으로 조마구 군병의 새까만 대가리 새까만 눈알이 들여다보는 때 나는 이불 속에 자즈러붙어 숨도 쉬지 못한다

• 노나리꾼 : 농한기나 그 밖에 한가할 때 소나 돼지를 잡아 내장은 즉석에서 술안주로 하는 밀도살꾼.
• 날기멍석을 져간다 : 멍석에 널어 말리는 속식을 멍석째 훔쳐간다.
• 니차떡 : 아차떡. 인절미를 말함.
• 청밀 : 꿀.
• 조마구 : 옛 설화속에 나오는 키가 매우 작다는 난장이.
• 재밤 : 깊은 밤.
• 자즈러붙어 : 자지러붙어. 몹시 놀라 몸을 움츠리며 어떤 물체에 몸을 숨기는 것.

고야(古夜)

또 이러한 밤 같은 때 시집갈 처녀 막내 고무가 고개 너머 큰집으로 치장감을 가지고 와서 엄매와 둘이 소기름에 쌍심지의 불을 밝히고 밤이 들도록 바느질을 하는 밤 같은 때 나는 아릇목의 삿귀를 들고 쇠든 밤을 내여 다람쥐처럼 밝어먹고 은행여름을 인두불에 구어도 먹고 그러다는 이불 위에서 광대넘이를 뒤이고 또 누어 굴면서 엄매에게 옷목에 두른 평풍의 새빨간 천두의 이야기를 듣기도 하고 고무더러는 밝은 날 멀리는 못 난다는 뫼추라기를 잡어달라고 조르기도 하고

내일같이 명절날인 밤은 부엌에 쩨듯하니 불이 밝고 솥뚜껑이 놀며 구수한 내음새 곰국이 무르끓고 방안에서는 일가집 할머니가 와서 마을의 소문을 펴며 조개송편에 달송편에 죈두기송편에 떡을 빚는 곁에서 나는 밤소 팥소 설탕 든 콩가루소를 먹으며 설탕 든 콩가루소가 가장 맛있다고 생각한다
나는 얼마나 반죽을 주무르며 흰가루손이 되여 떡을 빚고 싶은지 모른다

섣달에 냅일날이 들어서 냅일날 밤에 눈이 오면 이
밤엔 쌔하얀 할미귀신의 눈귀신도 냅일눈을 받노라 못
난다는 말을 든든히 여기며 엄매와 나는 앙궁 위에 떡
돌 위에 곱새담 위에 함지에 버치며 대냥푼을 놓고 치
성이나 드리듯이 정한 마음으로 냅일눈 약눈을 받는다
이 눈세기 물을 냅일물이라고 제주병에 진상항아리에
채워두고는 해를 묵여가며 고뿔이 와도 배앓이를 해도
갑피기를 앓어도 먹을 물이다